Texto de Cláudia Naoum
Ilustrações de Bárbara Quintino

Meu avô Samantha

Copyright do texto © 2025 Cláudia Naoum
Copyright das ilustrações © 2025 Bárbara Quintino

Direção e curadoria	Fábia Alvim
Gestão editorial	Felipe Augusto Neves Silva
Diagramação	Isabella Silva Teixeira
Revisão	Lúcia Ávia

Catalogação na publicação
Elaborada por Bibliotecária Janaina Ramos – CRB-8/9166

N19m
    Naoum, Cláudia

    Meu avô Samantha / Cláudia Naoum; Bárbara Quintino (Ilustração). – São Paulo: Saíra Editorial, 2023.
        32 p. : il. ; 21cm x 21cm.

    ISBN: 978-65-81295-30-1

        1. Literatura infantil. I. Naoum, Cláudia. II. Quintino, Bárbara (Ilustração). III. Título.

        CDD 028.5

Índice para catálogo sistemático:
1. Literatura infantil 028.5

Todos os direitos reservados à Saíra Editorial

@sairaeditorial   /sairaeditorial
www.sairaeditorial.com.br
Rua Doutor Samuel Porto, 411
Vila da Saúde – 04054-010 – São Paulo, SP

A todas as crianças e a seus mais diversos tipos de família, para que elas sempre se lembrem de que, mesmo dentro da rotina, conseguem encontrar encantamento e poesia.

Vovô Samantha está triste.
Ele perdeu sua peruca preferida.

Sem ela, vovô Samantha
não tem vontade de cantar
a música que mais gosto de ouvir
antes de dormir.

Sem a peruca, vovô Samantha não tem vontade de dançar girando seu vestido coberto de brilho.

E muito menos de se maquiar.
Adoro quando ele coloca
aquelas duas lagartas peludas nos olhos.
Ele diz que, quando pisca com elas,
logo se transforma em borboleta.

— Mas, vovô, no micro-ondas?
— É que o Saci às vezes prega umas peças na gente.

Saci é o gato do vovô.
Ele deve achar que em uma das suas sete vidas era decorador,
porque adora mudar tudo de lugar!
Às vezes empurra um vaso de planta
ou joga coisas de cima da estante.
Coisas que quebram.
O vovô fica furioso, mas depois esquece.

Por falar nisso, cadê o Saci?
Fui direto para o seu esconderijo e lá estava ele,
com um bigode esquisito, alaranjado, da mesma cor que...
a peruca do vovô Samantha!

Mas nada de a peruca aparecer.
Então comecei a procurar nos lugares
em que o gato adora brincar.
E adivinha?
A peruca estava escondida
bem atrás da cortina!

Sentei na primeira fila da plateia.
Saci ficou logo atrás de mim,
e então vovô Samantha entrou no palco
toda enfeitada com seu vestido coberto de brilho,
seus olhos de lagarta peluda
e sua peruca preferida.
Cantava e dançava sorrindo.

Vovô Samantha
parecia uma boneca gigante,
a mais linda que eu já vi.

Sobre a autora

 Fui aquela menina que parava o que estivesse fazendo para ouvir uma boa história. Foi assim que comecei a criar as minhas próprias, fosse no papel, fosse dentro da minha cabeça, só imaginando mundos diversos.
 Cresci no interior de São Paulo e me mudei para a capital quando comecei a fazer faculdade de Comunicação Social. Já trabalhei com muitas coisas, mas nunca deixei de escrever, e foi em 2014 que lancei meu primeiro livro de contos, para pessoas adultas. Depois disso, criei um projeto que se chama "A história da sua vida", em que escrevo livros personalizados sobre a vida de pessoas reais, crianças ou adultos.
 O universo infantil entrou com tudo na minha vida de uns anos para cá, e é nele que costumo mergulhar para trazer à tona narrativas mais lúdicas, divertidas e sensíveis, como o mundo deve ser. Os personagens que pedem para aparecer nas minhas histórias não são tão comuns de se ver por aí, mas eles existem aos montes e querem apenas ser quem são, seja nas páginas dos livros, seja na vida como ela é.

Sobre a ilustradora

   Sou mineira, ilustradora e amante de um bom pão de queijo. Eu me encantei com o universo das cores e das texturas desde bem pequena, junto com meu padrasto. Eram lápis de cor, papel e giz de cera espalhados pela casa inteira – minha mãe que o diga. Quando grande, acabei me aventurando por diversos caminhos, mas foi fazendo faculdade de Arquitetura e Urbanismo que refiz as pazes com os desenhos. Ilustrar este livro foi um processo muito divertido de me aventurar, de ficar de cabelo em pé e de vibrar – tanto na procura quanto nos encontros. E tudo isso bem junta das personagens.

Esta obra foi composta em Cronos e em
Cooper Std e impressa em offset sobre couché
fosco 150 g/m² para a Saíra Editorial em 2025